A twitter
― 続 Episode ―

織部浩道
Oribe Hiromichi

ブックウェイ

A twitter －続 Episode－

目　次

A twitter 思いを重ねて……………………………………………… 6

Episode Ⅳ －① 出会い…………………………………………… 29

Episode Ⅳ －② ディスコ・ダンス……………………………… 38

Episode Ⅳ －③ ショータイム…………………………………… 43

Episode Ⅳ －④ アフロディーテの丘…………………………… 46

Episode Ⅳ －⑤ ウォッカの夜…………………………………… 52

終わりに　明日への歌……………………………………………… 57

twitter、みなさん

この度、twiteの一部を電子書籍にしました。

誘惑の星の方も、Episode Ⅳ となり、

新たな始まりを迎えました。

どうぞ、楽しんで下さい。

食卓で、ケーキでも食べながら見て下さい。

A twitter

twitter again より （現代詩）
思いを重ねて

2016.10.30

わこん、せちゅうにして、懺悔して
はべるよし、ちゅうしゅうの、なしよになむ
くちふさぐも、鐘の音が聴こえる

2016.10.28

終わりかな、サイコロ振っても、あたりはしない
ポンコツの、ロボットのよう
晩年にして、終わりかな

2016.10.27

○ねむらんつき、うれたワインが途方にくれて
　うるらむるよし、われた氷が、なく音が
　しびれるぐらい、神秘的な夜

○ぬいてから、しはるのは、とがめわせず
　めとめでいけるのはー
　好きにしなされ、惚れたらええ

○ビリダーとは、目標なくした、ごろつきと
　袖合わせて、やんごとなきにし、
　ビルの谷間で、月みれば、ススキがみえて
　いい女や、つみなひとやけど

○いずくにや、あらずと知れた、フジヤマに
　かさかむれば、無事帰還
　あおによし、さいかいとくれば、はなさんでいい
　そこで清き、縁を待とう

○ Like a girl this is special for me forever
　What is that, she is more than ocean view

○ネコがいて、可愛いいなあ
　お前にいわれてんでも、我が輩は本年度
　グランプリ、ミスったネコ
　めん玉と、なで舌、とさかと三拍子
　あめねこいかが

A twitter ◇ 7

○ほのかなる、あかりがありて、明るいのは
　あったかいなぁ、ひとりいりて
　秋まつりの、ことでもジョバンニが
　銀河鉄道、おりたとき、花火が鳴ったって

○ M & M、チョコと合併、芳醇な
　秋の夜長に、つまびくも
　色鮮やかに、潤やね

○冬支度する、風邪ひいたらあかん
　うちかて、暇してつもてん、味覚あり
　賞賛して、クリスマスはダメ

○娘とドライブなんて、ドラマになる
　経理ものなら、勘定あわん
　ハプニングは、たれそと、いわずもがな

○秋深し、味わうほどに、しみじみと
　飲むほどに、ほどよく、けふこえて
　Coder と連れなむを、こよいあき

○芋つゆに、ねぎりながら、とまどうのも
　秋半ば、いっぱいかい、いいカバン

あんなにお似合い

○木枯らしにも、里芋食べて、茄子見ては
　名月やと思いきや、炭酸割りして
　秋のヌーボー、食卓に、秋が並ぶ

○今日はきぬ、だんだんと、木枯らしにも
　気をつけてと、服着てね、はやいなあ
　平凡やかて、秋刀魚ぐらいかう

2016.10.22

○つれづれに、あれねえと、おもわずも
　めにみえて、あざむくも、われなりと
　苦笑して、ジョーカーはねえよと

○若き日の、夢の彼方に、ドラマがあって
　ゆくえしれず、暮れゆく街に、ネオンをおって
　振り返ると、赤ちょうちん、まわりければ
　わからずとも、うちにかえる

○時として、徒らに、へこんだりして
　えてしてなり、クッションごと

浮添えにして、ブレーキかけても
ゆくえしらずも、どこへやら
いつしかタンチョウヅルも、舞い降りて
いずこかと

○曖昧な、孤独感に、連れなむを感じ
ひたすら影を隠し、凍てつけられるも、
晩秋の、たたずみとして、はべらぬもよし

2016.10.22

○おもろかった、ひとをながめて、どないやろって
笑いながら、見て微笑んで、目を閉じて
瞳を見て、シャッターを切る

2016.10.18

○かるたごや、将棋させば、タコ焼きに
ありなんとして、けいまかけ、いっぷとれば
金うちに、重ね重ねも、禁じてと

○月なかに、たれそおらじと、かたてまに
てんとつけば、もちくわずと、みちなかに

はやくもこゆれば、そなえもち
ちょうしずくなと、ほおばれり、ほほをそめても
めをそらす

2016.10.13

今も変動期ですから、守るところは守ってください。

2016.10.12

満月のよる、ドラキュラが・・・

2016.10.12

あせって、なにかをみつけ、きらめいたり
ダイヤモンドだったり、つまづいて、また
みつけたり、宝探しですね

2016.10.12

寝覚めに、スカッと一杯、まなこをこすり
まどろみながらも、しっかりしろよて
元気ないね、お疲れさまと、缶コーヒー

A twitter ◇ 11

2016.10.11

○エラーすると、言い逃れは出来ない。
　地球に来るのは、シンカーですよ。

○なんか、鍵が、財産保有権ですか。

○プーチンさん、柔の心ですか。

○真田幸村かあ、名将ですね。
　赤城山の国定忠次もねえ。

2016.10.10

どの時代が好きかは、それぞれです。
取り敢えず、ドール時代というか、
素晴らしいものは、素晴らしいし、
見たり聞いたりします。

2016.10.10

人形とか、ぬいぐるみに癒されることが、自分にも大切な
ときです。

その時、ものの魂とか

○未来は大人が戻すものじゃなくて、
　子供が創るものでしょう。
　ありきたりもいいけど、ガラッと変わった未来がないと
　つまらないですよ。

○自分勝手なことをいえば、旅行にいきたいし、
　幸運だったり、逆もあるけど、
　人生たまには、サイコロふるでしょう。

2016.10.9

○地震には、台所あたりが安全そうです。

○携帯選挙でいい。

○電話投票しましょう。

○誤差が出ても多数意見です。速報はあやしい。

○預託金は 10 万円でいい。

○東京オリンピックは、小さくても
　きらめくものがあればいい。
　選手や応援が盛り上がればいい。

○ビル・エバンスは最高ですね。

○国境を減らそう。将来世代、現世代の為

○アイスクリーム・ライス

○新説
　みんなが回っているから、地球は回る

○G1買えなくて、競輪でまぐれ

○戦争反対、地球が汚くなります。
　宇宙が汚れます。

○やっぱり、タバコ屋のおばちゃんはすごいや

○レンタル・パーティでもやれば行くよ

2016.10.8

いよいよ、ドール時代ですね
新世紀会

2016.10.8

世の中、面白くなったのは、
チャンネルが増えたことですね。
好きな動画を見られる。これは完全に番組ですね。

○今日も金がなかった
　しかし、恵まれた
　明日も金がない
　いつもと同じあたりまえの日だ

2016.10.7

○今日は、感謝
　つつましく生活できたことに
　そして、あたりまえの日だったことに

○みんな幸せな時代をつくりましょう。

2016.10.6

アリババがニューヨーク市場からロシアへ行って、インド
でかっさらった？

2016.10.6

クロで決める、子供のとき、ぬいぐるみに
クロとつけて、遊んでいて
クロがドブに落ちた

○いまかれえ、彼女はからい、にがては娘
　波瀾万丈の我が世は、これからも
　かれに、ひと財産つくってと、からくち

○ 3D には未来があるね。

○アイデア、思いつき
　料理以外にはて？

○何か、ラテン人か南蛮人からか、
　唐か、天竺からのいただきものか？
　はあ？

○先生、天井見つめていて、ここの食堂、
　全然、掃除してないし、蜘蛛の巣張ってるなあ〜って

○国家単位での計算はおかしい。
　個人単位で物事を考えればすむ。

○金がない時代だね
　みんながない
　そこで、味覚の秋でしょ

○ Und wenn man, wie wir bcide

○ Soll das ein witz sein?
　Und die zweite

○ Ice cream rise please.
　Rena rena candy

2016.10.6

○ Tomorrow make lovely fashionable Asilanojyoji,
　What is that mean, do it?

Now do it. Be can me.

○ Good morning.

Thank you I wake up

Today as well as holiday.

Just now, cooking menu ideal, needle

Rena rena fancy, rise soup

Mix vanilla

2016.10.5

今宵はよい、よいとくれて、情に厚く

ほだされるもよく、祝い酒に、レモンをかけて

縁結びに、ひとやくかって、晴れてあける

明日からの、皆さまの活躍を、祝いますので

○いいネット

イーネッターも見てね

Twitter again

○今日のごたく

ええ、ドイツ製が似合う！

まあ、そういうこと、あと

○風詠社

Bookway

ありがとうございます。新着本出ました。

他の電子書籍もよろしく。

○眺めるか、ふところから、はみでるって

それが母音じゃない、発声練習より

ぐうの音がでる、嗚呼寝て待とう

○煮て食うか、焼いて食うか、好きにするか

ごたくならべるより、品ぞろえしなきゃ

おかみにまかせたほうがいい

名月でも眺めるか

○美味しいものを見つけ、春夏秋冬の味

あじなこというね

今味わっています

旬、この瞬間がねえ

2016.10.15

やみくもに、月夜の宴で、晴れてなお

いっそう美しき、にょごはおるかと、

昼間から、はじめるか

○今日の言葉
　料理は、嘘をつかない
　料理は、ばける。腕、素材、アイデア

○美味しいものをさがそう！
　歩いてさがす
　情報でさがす
　移動してさがす。

○報道はコントロールするけど、アダム・スミスの見えざ
　る手に委ねるべきじゃないか。

2016.10.4

嘘がないと、可愛いと思えるけど
嘘で固めるのは、くだらないと、
あらためて、可愛い子には嘘がないと思いけり

2016.10.4

さがそう、じぶんてやつの、バカバカしさとくだらなさ、

それを直すのが、私の仕事
いかすしごと、これにかけるか

○アンドロイド状態
　コロイド粒子が動き回りきらめく状態

○解ける数学
　得たいがわからずとけるとき

○意味深な夜
　芯がおれずにたつ

○一発芸
　泣いて泣かずになく

2016.10.3

子供の時、特攻隊のドキュメント見て、
興奮したのがわからない
子供の好奇心だった。

2016.10.3

種無しで、フルーティというと、茄子でナシ
かわむいて、フルーツミックス、というと
バナナミルクとか、種無し葡萄の
炭酸水とかだね

2016.9.30

ハイレベル、眼差しまぶく、るるりろと
焼きついた皮膚に、ダメダメと、いわないで
しずかにひとり、めを閉じて

2016.9.29

割ってやるか、スライスして、雑誌でもめくり
かけあいして、乗馬でもしたい
人の顔見て、にらめっこに、ゆっくりするか

○また開き、綺麗な花と、麗しく咲いて
　すきとかいて、ふれるしずく、たっぷりと
　水割り飲んで、透明な色だね、ハイビスカス
　レモン割りにして

2016.9.27

いずこにや、なかずとも、うらぶるに
くちおしく、たれそれと、こがれるままに
さむきよに、きよみずで、うちとけん
そよゆえに、夢のまにまに

2016.9.26

ねこたつに、かまえてとびに、へえごえの
なきにかわゆく、おもしろうて、かかったがさいご
きのどくに、めにみえて、あげとられ、
すいかとなり、きゅうしたという

○さしてなみに、うちとけると、わけありて
　つかぬまにいりて、とだえけむも、
　あわぬそでに、やっこさん、とこにいって、
　かたちあらむ

○にぎやかに、みれなくも、はてなめり
　みにつけるも、かまえなし、えいやとゆきぬ
　あわれなるに、えもいわれず、ゆきすぎたるを

A twitter ◇ 23

○やつぎばやに、ふかくにして、とめなむも
　みにはてりと、けっぱくに、けふせむと
　いとふけり、よいどれの、からすとなりぬ

○ごたくして、おとさたなるも、ひびにかえ
　いざまいどと、おちかたの、あわれなるも
　きわどきに、あわただし

○すぎゆきし、るつぼにはまり、れつするに、
　まてるかの、微笑みにして、どつぼにはまる
　つれなきも、さりゆきて

○やんごろなきに、なげだして、みにもたえ、
　くるおしくも、はかなきゆえに、とめしえにし
　ひもとくも、いとおしく

○つまびやかに、いくにはいりて、のどけきは
　はべらむと、きょうずれし、さつがなしや
　まどべのひび、すきやらむ

2016.9.15

げにかしこ、わかくして、みじかくも

いとあわれなるに、かわいくて、
いみじくも、はかなし

2016.9.24

Heeting down heartly thinking

○ Hai, how do you do?
　I fine thank you.
　How are you?
　Nice to see you.

○ What in soup is that seek colorful ribbon, Its sout.
　Looking another game can do well.

○ I have been a love you your mine.
　That's true you are righting I picked up.

2016.9.23

サイダーか、カルピスか、コーラもあるよと
濃いか薄いか、あおによし

2016.9.19

寂しいとき
朝起きて、えもいわず、ふりむきて
なにもなく、つれなむと、ひとこいし

2016.9.18

デイブ
身も蓋もない話でもあるまい、中身もあるぞ
黄門様！
キレキレ

2016.9.11

あおによし、あいびきの、はまべにたち
いとはべるも、つれなむと、ひくしおに
えもいわれず、おもいはべる

2016.9.11

ひぐらしの、くれなむも、あわとなり
しみいるも、かたじけなしと、そでにふれるも

あわくなるやう

○やんごろなきに、ひたふるに、えもいわれず
　おかしくも、あわれなり、いとあわれなり

○ Beauty is a laxuary item talked silent.
　Sea male tell me a tuch heart.
　Seeing Desain spectacle rocal vision.

○ Want you. I can not get a deneer,
　Because your look it can't get a deneer
　Why don't you like it after?

○ After looking her, he amaging a lot of games
　Stood up can drink coffee.

2016.9.11

○ Food money will be important in future.

○ Bitcoin market non Japan start new world
　New world century.

○ Twitter は、掃除ロボットに占領された。

2016.9.1

All free time cheers

Looking autumn sky is soft blue

Tomato get, ramen soup drink

And grab beer

○ Bit coin gold and silver

   Tokyo Olympic design now keep

○ラーメンパスタ

   麺がのびても美味しい、冷しパスタ

Episode Ⅳ−① 出会い

2016.11.1

「あなたとは、お茶を飲むこともありません」

同じ教室のクラスメイトに昔、言われたショッキングな言葉だ。

———

「俺とつきあってくれ」

「好きなんだ‼」

杉村怜子は、通りを走る電車を見ながら、しばらくして言った。

「好きでも、嫌いでもありません」

早瀬進は、ここ2年間、思いつめた結果、告白したが、この結末だった。

怜子は、ウエーブのかかったロングヘアーを肩もとにたらしながら、セーラー服を着ている。赤いリボンが可愛くあって、学園バッチが光っている。

何も入っていないような、学生カバンをもち、急いでいる様子だ。

進は、だいたいの勘から、ここのバス停のわきで、2時間、

彼女を待っていた。

タイミングをいつも考えていた。

――

いつ告白しようか。

出会ったのは、入学式の朝だった。

軽くはずんだステップで、スリムな女の子が歩いてくる。

フレッシュな表情で、何か新しい希望に満ちていた。

何か、はっとして、予感がした。

何か、この子とあるな！

試験から解放された学生が一堂に会した。

入試

「お前、おかしなやつだな。その頭のかっこう、どうにか
ならないか」

初めて出会った、川合祐一だ。

――

「あいつさあ、B中学のA子だって。いろいろあったみた
いだぜ」

「あそこの子、Cしたっていうぜ」

いろいろな話が、こぼれていた。

普通高校で、真面目な進学校だが、みんな、息を抜くこと
を考えていた。

「あいつと、○○○したいなあ」

同じようなことを考えながら、通学する。

次の日

普通どおりに、クラスへ向かう。

彼女が別のクラスの前に立っている。ちらっと見ると、やや笑った。

そのことを考えながら、1時間目、英語。

「早瀬君、最初の1ページ目から本文を読みなさい」

アクセントには自信があったが、一応こなすと、おおっと教室がどよめいた。

2時間目、数学。

「君が早瀬君か、覚えておくよ」

数学のテストの後、先生が言った。

帰りに、部活のオリエンテーションに行く。

サッカー部だったが、ユニフォームが格好いいと思った。

先輩のマネージャーに言われた。

「君、可愛いねぇ」

色っぽくて、年上のお姉さんに対するあこがれのようなものが、わきあがる。

「先輩、よろしく！」

家に帰ると、英単語を暗記する。

ついつい、振り返ると、ロングヘアーのあの子の瞳が、けだるく、見詰める。

Episode Ⅳ－① ◇ 31

はっとして、たまらなくなり、真っ白になる。

夢うつつのまま、ふらふら、通学して、ケンカを売られる。

「ぽけっとして、こら、どこ見てるねん」

「何だと」

相手が、マーシャルアーツのかまえをした。

おぉ、やばいなぁと思いながら、かまえた。

シューとした、前蹴りが飛んできた。

ぱっと後ろにしりぞいて、手でかわした。

その後、足にキックをいれた。向こうも、ローキックしてくる。

お互いに、ダメージが大きく、足をひきずりながら、イバルラと別れた。

家に帰ると、どうも足にひびが入っているようで、ぶざまな格好で、学校へ通った。

少し脱線して、髪にウエーブをかけると、みんなから、「ラーメンパーマ」と呼ばれるようになった。ウエーブがかかりすぎたようだ。

といっても、「夜なきそば」は食べる。家で、チャルメラの音がすると、走っていって、注文する。

これは、いける。夜中じゅう、その味が忘れられず、夜空に星がきらめく。

天才バカボンみたいに、頭の中、キラキラ光って、興奮している。

頭の中には、もやもやがあって、いつも寝る時に、一つ一つ整理していく。

一つずつ、ゆっくり整理して、好きなようにして、片付けていく。

だが、志望校は、Ａ、Ｂ、Ｃの三択ぐらいにしてある。

女は、Ａ子、だが、Ｂ子、Ｃ子にも、気がいく。

Ｂ子だといけるけど、Ａ子はふりむいてくれないか、Ｃ子は現実的だけど……。

通学列車の中は、いつも満員だ。ラッシュアワーで、ピタッと体がくっつく。

目の前に、20才ぐらいの、きれいなお姉さんがいて、お尻が、あそことぶつかる。

目をそらしながらも、ぱちっと見ると、お姉さんも、こちらを見る。

どうしようもないよと思うと、変な方から、手が入ってくる。

必死に拒みながらも、どうしようもできない目にも合う。

相手はわからないから、お姉さんにしとくけど、違うようだ。

そんなことは、通学の際、結構ひんぱんにあることで、そのこととは区別して、Ａ子のことを思っていた。

そんな時、Ａ君が、

「となりの学校のＹ子が、お前とスケートしたいって」

Episode Ⅳ－① ◇ 33

「ええ……」
とまどいながら、ためらう。
そして、A子を気にしながら、答えを、かくして、
「どうしよう」と言う。
「せっかくのチャンスだぜ」
みんなにひやかされ、こっそりとリンクへ。
「へぇー、君！　わりといけるじゃん」
「あなたも、きまってるわね」
「いっしょに滑る」
「もっと、やさしくしてよ」
「で、どうする」
「また、会おうか」
ってことを想像しているうちに、彼女とリンクで倒れてし
まった。
「あ、ごめん」
「わたしこそ」
「いや、今度はうまくするから」
なんとか彼女をリードしているうちに、時間がきて、なん
となく別れた。
その後、「また会いたい」っていう一報も入ったが、なん
となく終ってしまった。
校内で陰口をたてられながら過ぎる。
「あいつ、なかなかやるわね」とか、

「例の子と会ったって」

いつものように、弁当を買いに売店へ行くと、A子が先輩のSと楽しそうに話しているのが見えた。

くそーっと思いながら、コロッケパンを一つ買って、机に向かい、牛乳を飲みながら食べる。

次の時間は、ハンドボール。

隣のコートで、A子もやってる。

なんとか決めなきゃー。格好つけながら、シュートするが、全員につぶされる。

そして、100メートルの計測をする。いきなり、前傾で小きざみにダッシュして、50メートルくらいして前から風を感じて、やや上体がバランスを失う。

70メートルくらいから、風にあおられて、平凡なタイムに終わる。12.03秒。

こないだ受けたテストが戻ってくる。満点のはずなのに〇〇点。よく見ると、2××××00点。ふん、俺がトップか。うれしいような、悲しいような。

このあと、あいつと本番できれば、いうことないのになあ。

――

本屋の赤本は並んでいて、時々手にするが、決意して購入する。

本試験問題——過去問だけど……意外と、簡単じゃん。

ここんとこだけで、わりと簡単。

そんなことで、また、ぐらつく。

ある日、廊下でＡ子を見かけると、ピンクのきれいな足に、一すじ液体がこぼれている。透明な液がすーっとこぼれている。

彼女は、ぽかんとして、ハンカチで手をふいている。

水道水なのか？

それから、１年。

同じクラスになって、チャンスを待つ。

バス停で、

「Ａ子さん、僕とつき合ってくれませんか」

「私、いそがしいんで」

「あなたのこと、好きでも嫌いでもありません」

───

一瞬ふられたと思い、なおも

「映画に行かない」

「あなたもラジオ講座でもしたら」

快くいなされて、電車のホームで伊田君が、

「お前はいいよなぁ」

「俺、ふられたんだ」

「そうやって、バカみたいなことできるから、ウラヤマシイワ」

彼は、ショボンとしている。

1ランク上の高校へ入った優等生だ。

何かあったんだろうか。あのレベルでは大変だろうが、彼の落ち込み具合はひどい。

なんだか、逆に救われて、そのまま、英単語をぽけーっと見ていた。

何度も思いなおして、きっと、大学へ入ったら、理想の女の子がいて、なんとかなるさ。

ひらきなおって、何となく、美人女性が集まりそうな所を考えていた。

受験

もがく前に、いじめのワナに落ちる。

あいつが落ちれば、ライバルが減る。なんとなく、高校にはそういう雰囲気がある。

一番上がるか、下がるかが、ボーダーライン。

関係ないやつと敵対しあい、あぶないやつとふざけあう。

美術の時間に、なんとなく彼女のデッサンをする。

どうしても、顔が描けない。スタイルはどうにでもなるのだが、顔自体が描けない。

今度は、抽象的なイメージで、人魚の絵を描き、ごまかす。

───

Episode Ⅳ－② ディスコ・ダンス

町の中で、ディスコ・ソングを聴いている。ダンシング・クイーンを聴いていると、ミラーボールが動き出して、怜子が現れる。

格好よく、ビートを刻んで、派手にダンスをしている。

スカートをひらひらさせて、前の男と話し始めた。

俺は、ピザをくわえながら、ぽかんと彼女を見ている。

時が、さーっと過ぎていって、彼女はチークを踊っている。

心の中で、しとしと雨が降る。雨の中で、呪文を唱え、現実を否定する。

バラモン教の神に祈ると、突然、カミナリが鳴って、マントラが聞こえる。

今も昔も、私は変わらず、いずこにありても、私に会うのはむつかしく、禁断の地に踏み入れるがごとし。

我に会いなむは、唐の国のアジャリにありて、アバラキャハの意味を考えなさい。

そして、東洋の七賢人に、神の子のことを教えてもらいなさい。

エデンには、すべてがあって、アダムとイヴも、そこにい

るわ。

タイム・マシーンに乗れば、10ルピーで、遥か、古代インドへ連れて行ってくれて、リグ・ヴェーダに出会えば、ウパニシャッドを知るでしょう。

アーユル・ヴェーダで癒されれば、マントラが光り、いにしえの洋子に会えるでしょう。

うそか本当かわからない虚空間の中で、ピザを食べている。その時、ドナ・サマーのラブチュラブユーベイビーが聞こえた。

彼女と彼の姿は見えないまま、あたりは、暗くなっている。

一人、やけをおこしていると、前の女が、私を好きかどうか聞いてきた。

手でマルを書くと、もっと大きくと言われて、大きなマルを書いた。

そして、彼女とチークを踊る。やわらかな肌に、シャツの上から触れて、ふくよかな豊満な胸元を見る。彼女を抱いて、首をあわせて、ためらうことなく、口びるを奪う。

時間が止まって、空間が動いていく。彼女との時間が、一瞬で永遠のように感じられて、熱いディープキスをして止まっている。

やや電気が明るくなったので、あわててとりつくろうと、
「私、帰るから、送って」
と言われて、彼女を送る。

Episode IV －② ◇ 39

「どうするの？」と聞かれて、わからず、ホテルへも行けない。

なんとなく、「じゃーまた」と言って別れる。

電車に乗ると、がたんごとんと揺れて、隣でメイクを直す女性を見る。

おもしろくもなく、暗やみを見つめると、むなしさだけがこみあげる。

そして、再会する。

ディスコ・クラブの中で、彼女を見かける。

彼女は、一段と美しくなって、ファッショナブルに輝いている。

瞳が、らんらんと輝き、ピンクの口紅を塗って、金髪に染めて、エレガントに、フレッシュに踊っている。

私は、彼女の視界の中に踏み込んだ。彼女と目を合わせると、彼女は、はっとしてウインクした。

私は、彼女に近づいていって、彼女の手を取って、チークをしながら、抱き寄せる。

深く吸って、キスをしていき、彼女を奪う。彼女は応えてきて、時間が止まる。

長い夜の間に、いくつもピークを越え、終電を待った。

そして、彼女をホテルに誘う。

ウイスキーで赤くなった頬を寄せて、二人きりになると、

ベッドでもつれた。

汗を流すと、彼女をものにして、汗を流した。

朝一番、彼女は、姿を消した。

後を追っても、もう誰もいない。

勘定を払って、店を出ると、ネオン街がにぶく光り、男女の群れが右往左往している。

東京の町。

受験に受かった時、東京タワーに昇った。階段を勢いよく真中まで昇って、頂上まであがった。

タワーから見る昼の東京。

――この街で、大学時代過ごすんだ――

満足感で、一杯だった。

中華街で、長さんに会う。長さんは、台湾出身で、日本語の論文を書いている。

私は、春に、1級試験を受け、ほどよい所までいった。

六大学リーグで、飲んで明け暮れ、コンパを毎夜していた。

時には、カウンターで、ジョッキを振り、カクテルを造る。

ビア・ガーデンで、歌を唄い、芸をする。

チラシくばりに、マーケットリサーチと、バイトをし、競馬で大儲けをし、みんなに分ける。

銭湯に入って、女湯を覗く。時には、番台に座る。

「兄ちゃん、覗かないで」

「ええ、仕事なんですけど」

「覗いちゃ、ダメなの」
——

今度は反対に、風呂屋でパンツを脱いでいると、若い女の子が近づいて来て、目の前へ来る。床を拭きながら、こっちを覗いて、見せて見せてと言う。

可愛い子なので、見せるものかと、隠してパンツをはくと、
「ひどいわ」

番台の方から、「見せてやれよ」
「今度、いっしょにやろ」

そう言って、風呂屋をあとにして、外へ出ていく。

女の香りがして、たまらない。白い光沢のある、なまめかしい肌が、ふくよかに、実にたわいもないカーブを描いて、ぱかっと割れているところが、たまらない。上もふくらんでいるのが、透き通ったような白色は、やわらかく、たわわでいい。

2階から覗くと、下の電話の所に、女がコートを着て、やっている。

コートの中に、手を入れて、のけぞっている。

あー月がまどろんで、昼夜の出来事を記録している。

Episode Ⅳ－③　ショータイム

あの日の夜、銀河鉄道が来るような気がして、空をながめると、オレンジ色の飛行船が飛んで来て、友達の家の上空で、くるっと回った。

そのことは、友人からも聞いているが、あれは、ティアラの船かもしれない。

オリオン座のティアラは、あの日以来、何度もメッセージを送ってくるが、地球にやってきたんだ。パープルな空に、色鮮やかなオレンジの円盤が、やってくる。

私は、直感で、ティアラを知った。

ティアラは、オリオン星人の女性だ。ミュータントといって、テレパシーなどで会話する。

美しいのは、エメラルドグリーンやサファイアブルーのような瞳や、カラフルなファッションコーディネートにあった。モモンドールのように美しく、セカンドワイフのように、つくすタイプである。あどけない少女のようなふるまいや、あの、くすくす笑うしぐさ、白い手は、忘れられない。

1オクターブ高い声は、女性の存在を植えつけ、男性を虜

にしてしまう。あの、イルカのようななき声も、瞳も、ブラックホールのように、すべてのものを吸い込む、宝石のような魔力をもっている。

――

彼女は、突然、東京タワーに現れた。紺碧の夜空に浮かび上がったイルミネーションの中に舞い降りた。

タワーのスタジオで、彼女のライブがたけなわになった時、私のセンサーの中に、入力された。私は、彼女のデータをいやという程植え込まれ、彼女を知った。

ティアラはマイクをもって、ラブチュラブユーベイビーを歌っていた。そして、イスに座り、チャネリングをした。宇宙船から 3D 情報をつなげたのだ。

私達は、オリオンの飛行船にテレポートして、オリオンへ向かった。その星は、ピンク色に輝いていた。銀河に横たわる天の河を越えて、その星の誘惑によって近づいていく。そのことを考えるたびに、どんどん時間ごと吸収されていく。

大気圏内に入ると、女性を象徴するように、自由の女神が君臨していた。

第一ゲートの向こうは、別世間。オーケストラの中でサーカスが行われ、ファッショナブルなダンサーがショーをやっている。

キリンやライオンやチンパンジーが、こっちを見ている。

その中で、スカートをひらひらさせて、空中ブランコ。ふわぁとスカートがめくれあがって、白いパンティがすけすけで、ヒップラインを魅せる。

ブラジャーから飛び出さんばかりの乳房が、パカッと飛び出しそうに、くるっと一回転。

その瞬間に、キャーという、客席からのどよめきが広まる。

白色と黒色の男女がまじりあって、乱舞する。

生き物の躍動が感じられ、野生のライオンがうなる。

チンパンジーはめざめたまま、シンバルをたたく。

上の方からキリンが客席をながめて、べろんと舌を出す。

シャボン玉の中からピエロが現れて、あいさつする。そして、シャボン玉といっしょに消えていった。

テーブルには、ごちそうが並び、祝杯をあげる。

――

Episode Ⅳ－④　アフロディーテの丘

オリオンの夜があけた。

朝早くから、ティールームへ行くと、シーフード・スパゲティの香りがした。

外には、オブジェが並べられていて、潮の香りがする。

三つ編みにしたローリーが、髪を束ねながら、食事を運んできた。彼女は、黒い瞳に黒髪と、健康的な肌をしたフレッシュな子だった。

エスニック料理を食べた時、シーフードの味がして、頭がしびれた。

その時、ローリーのイメージがだんだん膨らむのを感じた。

「あなたじゃなきゃ、いやだ」

「私、一人にして」

——

「あなたの中を私一人にして」

そういう紙きれが置かれていた。

私は、ティアラとローリー、洋子にサンドイッチにされながら、オブジェの中をさまよっていた。

海底が近くにある。

46

アフロディーテの丘。

アフロディーテは、ギリシャの女神で、人間を愛し、アイネイアスを産んだ。若さと美の女神です。

イルカがチュルルルーケタケタと鳴いた。

ローリーは、「あなたは、私にやがて、夢中になるわ」って言った。

ローリーは、創造的で、明るい健康な美人。ティアラは、ソフトでナイーブな女の子。

どちらも素敵だが、ティアラは、銀の船に乗っている。

中には、僕しかいなく、彼女がとなりのベッドで寝ている。

横で、その口もとを見ながら、スープを飲んでいる。

ピンクのドレスがキラキラ光って、宝石のように、まぶしい。

——

ジャブン、ジャブン

海の音が聞こえる。

水平線が、青空のそら色と海の青色にかすかに境をつけて、海が銀色に輝いている。

空は、真っ青のようで、少し雲が浮かんでいて、別天地のような感じだ。まるで、あの世の風景のように、静かできらびやかな様子は、言葉では表しがたいものがある。

そよぐように、ゆっくりと鳥が泳ぎ、空を回っている。

あついようで、からっとして空気が澄みきっていて、輝い

ている。

夏のような春のような、少しさびしさのある秋の海。

ここは、オリオン星団の別の惑星のようだ。砂浜には、足跡があって、ずーっと歩いた跡がある。

岬の彼方へとゆるやかに回って続いている海岸線は、ロングビーチになっている。

遠くの方に、人影が見える。貝殻でも拾っているのだろうか？

その模様がぐるぐるカラフルにまきながら、絡まっているのが、もつれた貝の悩みを現すかのようだ。

人指しゆびが届くたびに、貝は塩を吐いて、泡をたてる。

半分にひらいたまま割れているが、可哀そうに思いながら、今日の料理を考える。

くるおしいほどの青空は、空へのあこがれをかきたて、広い海は、不思議な程、おちついている。

そんな中で、裸足で歩いてくるキュートな水着の女の子がいる。

水の上で、軽く潮風にあおられて、頬を染めながら、白い肌をこがしている。

長くのびた白い足は、その付け根のビキニに向かい、黒く食い込んでいるのに目が奪われる。

スカイブルーの瞳に、オレンジ色の口びるで、笑いながら手を振る。

ローリーは、友達のフランソワだと言った。

フランソワは、丸いメガネをかけていて、理知的な可愛さ
をもっている。

オルタナティブな音楽を聞きながら、オーガナイズドされ
たメンバーの中で、きらめいている。

エレキの音色がしびれて、ないている。マイナーコードに
切り替えると、Ａメロが流れて、スポットがびんびんにな
る。

左手のこまかい使い方が得意だ。ソフトになまめかしく
動く、リズムがどんどんあがっていき、頂点に達した時、
キーンとなって、音がきれる。

割れた岩場は、イソギンチャクがくっついて、ヒトデが赤
い正体を現している。

海鳥が空を旋回して、空は高い。

異次元のステージで、進はローリーとフランソワを見詰め
ていた。

ローリーは、いつの間にか白のワンピースに着替えて、海
の中へ入っていく。ゆっくりと海につかっていて、そこへ
フランソワが近づいていく。二人でたわむれながら、スキ
ンシップをしている。

女性が、ソフトにキスしながら、だんだん強くディープに
抱き合っている。

彼女達のたわむれるのを見ながら、エレクトしてくる進は、

Episode Ⅳ－④　◇49

どうしようもなかった。ただ、砂浜の誘惑に魅せられたまま、黙り込み、息を荒げていった。

水に濡れて、髪がずぶ濡れになった美女が二人、海岸にあがってきた。

砂浜に寝そべると、二人は、もつれながら、たわむれていた。

白いふくよかなフランソワの肌が、可愛くキュートなローリーにからむ。明るく笑いながら、二人は話をしている。

そよ風が、ゆるやかにつむじを曲げ、冒険する様は、オクトパスの頭をなでて、やどがにのそばへいく。やどがにには、はさみを振り回して、何かをとらえようとして、呆然とする。

海鳥が直滑降に飛んできて、それを食いつまもうとするところで波がジャブンと白波を立てた。

白い泡が模様を描き、海辺の物語をひもとくように広がった。

むらさき色からアカネ色に、トワイライトゾーンが輝き、少し暗くなった。

砂浜は、銀色にパチパチ輝きながら、星のようにカラフルにときめいた。

シーフード・カフェへ入り、イタリアンを食べる。

そして、スイーツ・ルームへ３人で入る。ストロベリーパ

フェを食べながら、ペロペロしていると、ローリーにブチュッとキスされた。そして、横からフランソワがブチュとキスをした。

ケーキがべとべとになりながら、ペロペロされて、ベロベロになった。

ピクンとして、はじけ飛ぶと、スイカを割ったようにスカッとして、芯がしびれた。

シャワールームで、びしょびしょになりながら、3人でたわむれて、夜を過ごした。

何度もスパークして、スポットをふさいで、トライアングルになったまま、遊んでいた。

——

Episode Ⅳ － ⑤　ウォッカの夜

ここは、オリオン座の惑星。

ティアラと洋子のことが、どこかで思い出され、少し汗をかいた。

———

思いなおして、夜のテーブルで、一人、ウォッカを飲んで、ごまかしていた。

やわらかく、べったりとした皮ふがソフトにタッチして、ぐいっと、口をふさがれて吸われて、はーぁとしていると、今度は、こちらからブチュウとふさいでとどめをさすと、あわれなぐらい華やいで、彼女は、目をぱちぱち閉じた。

ぐいっとくる、その時に、ブチュブチュとしてぐにゃとした、得体のしれないものが入ってくると、ローリーは、足を開いたまま、うしろにのけぞって、ピクピクした。

進は頭がパニックになって、ウォッカに酔いしれていった。

ティアラが、見当たらない。どこかへ、出て行ったみたいだ。

その後、フランソワが現われた。少しやつれて、飲んだ後のように、ピンクの肌をしている。

この惑星に、男が一人ということはない。

突然、隣の部屋から、絶頂に達している声が聞こえる。

なんともいえない声で、脳裏にいてついている。

あぁ、ティアラだろうか？

想像を超えた世界で、意外と男と女という生命体しかいないのが不思議だ。男と女が２人ないし３人いて、何ができるのか？

何もないのも不自然だ。

食事をして、おなかがふくれても、ゲームをしてても、目と目、手と手が触れる瞬間がある。その時、はたと、永遠が始まるかもしれない。

ローリーが、少し口をひらいたまま、目をつぶっている。

かすかに表情を変えながら、声をあげようとしてためらっていた。

白い指が、ウォッカのグラスをつかむと、ぐいっと飲んで、うれしそうにした。

指をゆっくり動かして、髪の毛をなでると、彼女は言った。

「もう一度、お願い、ちょうだい」

進は、彼女の隣に座って、彼女にウォッカを入れた。

口もとまで運ぶと、彼女は、少し飲んで進に甘えてきた。

ローリーの可愛い目がきらっと光って進を見た。

その中に、ダイヤモンドのような美しさがあり、ひきこま

Episode Ⅳ－⑤　◇53

れていった。

ブラックホールのように、彼女の瞳はくるおしく、口びる
は、色づいている。

グラスを置いて、ローリーに重なる。

彼女を一枚ずつ脱がしていって、下着だけにする。白いパ
ンティに、黒いものが透けて、線が入っている。

少し触れると、しずくがもれて、ピンクになる。赤いルー
ジュのように、口びるがややひらいていて、きれいだった。

そして、丘陵がつづき、くびれていって、おへそがあり、
白い、やわらかいふくらみがあって、気持ちいい。

青白い、透き通った肌は、きれいにすべすべしていて、光
沢がある。

進が、挿入すると、やや声をもらして顔をゆがめた。無我
夢中で受け止めると、髪の毛がふわっとして、顔を左右に
振る。

突然、「あ、いくっ」

そう言って、ローリーはうなだれた。

進は、果てたあとに、ウォッカをまた飲んでいた。

海の中では、魚が泳いでいく。たくさんの群れが、自由に
行ったり来たりしている。

たいやひらめや、いしだいが泳いでいる。クラゲがひらひ
らと舞い上がり、光を受けて、キラキラ光っている。

54

町角には、セーラー服を着た女子高生が立っている。

華やいだ街で、彼女達は卒業していった。学校を卒業して大学へ、あるいは社会へと巣立っていく。

男達もまた、合格証書を手にして、目を輝かしている。

みな、未来への夢を見ている。社会に出て成功する夢だ。

結婚して、大人になるものもいる。

小さいころから、いろいろなものが、誘惑してきた。

大人になると、いい女と結婚して、金を稼ぎたい、末は博士か大臣かなど、いろいろである。

宇宙の素晴しさや地球の美しさに魅せられる冒険家もいる。

限りなき自由な世界で、一旗揚げようと大志を思っているやからもいる。

景気よく、ビールジョッキに泡を立てていると、トランプ氏が当選する。

世界は変わるんだと希望をもちながらも、今後の変化に目をみはる。

Twitter として、みんなを応援してきた。

乃木坂46、レナレナ、トランプ氏、また、立花先生や所さん、明石家さんまさん、北野武さんなど。

いろんな、twite に会えて、世界は近くなり、身近に広がった。

大統領の言葉も、そのまま頂ける。

Episode Ⅳ－⑤　◇ 55

ありがたい世界だ。

新世紀会から平和を祈りながら、新しい時代にエールを送る。

2016.11.7

終わりに　明日への歌

人は人でありたい
ときめき、誘惑、熱情
さまざまな形がある
美しかったり、つらかったり
形は形を造り、形を変える
永遠の一瞬に、光沢があり
余韻、クライマックスがある
うたかたに　情事あり
うたかたに　志あり
げに、はべらむものに、はげめ
永遠は目標なり

織部 浩道 （おりべ ひろみち）

昭和35年生まれ。
ロイヤルフロンティア、新世紀会代表
税理士会退会。明治大学大学院博士前期修了
著書 「光の数珠」「2000年の月」（文芸社）、「空を飛んだゾウ」（新
風舎）、「風がささやく時」（カヨウ出版）、「哲学」（文芸社）、「学園ラ
イバル」（文芸社）、「誘惑の星」（文芸社）、「Episode」（ブックウェ
イ）、「航海日誌」（ブックウェイ）、「会計学論考」（ブックウェイ）他。

A twitter ― 続 Episode ―

2017年2月25日発行

著　者　織部浩道
制　作　風詠社
発行所　ブックウェイ
　　　　〒670-0933　姫路市平野町62
　　　　TEL.079（222）5372　FAX.079（223）3523
　　　　http://bookway.jp
印刷所　小野高速印刷株式会社
　　　　©Hiromichi Oribe 2017, Printed in Japan.
　　　　ISBN978-4-86584-213-5

乱丁本・落丁本は送料小社負担でお取り換えいたします。

本書のコピー、スキャン、デジタル化等の無断複製は著作権法上での例外を除き禁じられて
います。本書を代行業者等の第三者に依頼してスキャンやデジタル化することは、たとえ個
人や家庭内の利用でも一切認められておりません。